Casi

Casi

PETER H. REYNOLDS

SerreS

A Ramón le encantaba dibujar.

A cualquier hora.

Cualquier cosa.

En cualquier sitio.

Un día, Ramón estaba dibujando
un jarrón con flores.
Su hermano León, se asomó
por detrás para ver lo que hacía.

León soltó una gran carcajada.
—¿QUÉ es ESO? —dijo.

Ramón ni siquiera respondió.
Solo arrugó el dibujo y lo tiró
al otro lado de la habitación.

La burla de León hizo que Ramón
se obsesionara con tratar de dibujar
lo más exacto posible al modelo.
Pero nunca lo conseguía.

Después de muchos meses
y de muchas bolas de papel arrugado,
Ramón dejó el lápiz sobre la mesa y dijo:

–me rindo–.

Marisol, su hermana, le miraba.
—¿Y TÚ qué quieres? —le dijo bruscamente.

–Sólo quería ver cómo dibujas, –dijo ella.

–Ya no dibujo, ¡lárgate!,
–le contestó Ramón enfadado.

Marisol salió corriendo, pero con una
bola de papel arrugado en la mano.

–¡Eh, vuelve aquí con eso!,
le dijo Ramón persiguiéndola
por el pasillo hasta que llegó
a la habitación de Marisol.

Estaba a punto de
gritarle, pero enmudeció
cuando vio la habitación
de Marisol. Se quedó atónito
mirando aquella exposición.

—Este es uno de mis favoritos,
—señaló Marisol.

—Pretendía ser un jarrón
con flores, —dijo Ramón
—aunque no lo parezca.

—Bueno, ¡parece un CASI-jarrón!,
—exclamó ella.

–¿Un CASI-jarrón?

Ramón se acercó aún más.
Miró con atención todos los dibujos
que había en la pared y comenzó a verlos
de una manera completamente nueva.

–CASI... son –dijo.

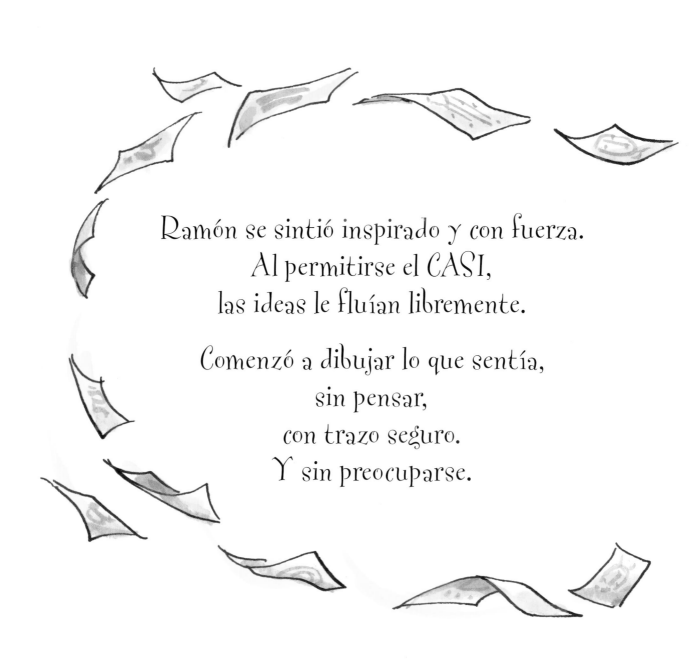

Ramón se sintió inspirado y con fuerza.
Al permitirse el CASI,
las ideas le fluían libremente.

Comenzó a dibujar lo que sentía,
sin pensar,
con trazo seguro.
Y sin preocuparse.

Ramón comenzó, de nuevo,
a dibujar todo lo que veía a su alrededor.
Haciendo CASI-dibujos se sentía
maravillosamente bien.

Dibujó cuadernos enteros…

Un CASI-árbol

Una CASI-casa

Un CASI-barco

Un CASI-atardecer

Un CASI-pez

Un CASI-sol

Ramón se dio cuenta de que también podía dibujar CASI-sentimientos.

CASI-paz

CASI-tontería

CASI-alegría

Su CASI-arte inspiró su CASI-poesía.
No estaba seguro de que aquello fueran poemas,
pero sabía que eran CASI-poemas.

Pozo
Pozo profundo
Sueño lejano
pozo pozo
lejano lejano
Destello brillante
— Ramón

Una mañana de primavera,
Ramón tuvo una sensación maravillosa.
Se dio cuenta de que hay cosas que sus
CASI-dibujos y sus CASI-poemas no podían captar.
Y decidió NO captarlas.
Simplemente disfrutarlas…

Y Ramón fue CASI-feliz desde entonces.

CASI-FIN

Dedicado a Doug Kornfeld, mi primer profesor de arte,
que me animó a dibujar para mí mismo y encontrar mi propia voz.

Título original: *Ish*
Editado por acuerdo con Walker Books Limited, Londres.
Texto e ilustraciones © 2004, Peter H. Reynolds.
Adaptación: Esther Rubio Muñoz.
Esta edición © 2007, RBA Libros,
Pérez Galdós, 34. 08012 Barcelona.
Teléfono: 93 217 00 88 / Fax: 93 217 11 74
www.rbalibros.com / rba-libros@rba.es
Diagramación: Editor Service, S.L.
Realización Editorial: Bonalletra, S.L.

Primera edición: 2004
Primera reimpresión: 2007
Segunda reimpresión: marzo 2010

REF.: SNAE055
ISBN: 978-84-8488-156-8